左邊有座文字森林

【作者】

林世仁

人兒高，影兒瘦，寫書不怕眉兒皺。
最愛清閒時候，三兩好友，隨處亂走。
年歲不小，心兒不老，猶愛青春好。
偶爾寫詩，長憶往事，長似少年時。
心閒散，手腳慢，愛聽唱片，愛爬小山；也愛人間，也羨神仙。
愛讀書，愛寫書，出過幾本書：《企鵝熱氣球》、《換換書》、
《字的童話》、《字的小詩》、《字的傳奇》、
《小師父大徒弟》、《不可思議先生故事集》……
希望春常在，人不老，寫到老。

【繪者＋美術設計者】

唐唐

本名唐壽南，喜歡任何與創作有關的事情，覺得創作繪本最有趣的地方是可以一再重溫童年的快樂時光。2003 年以唐唐爲筆名發表作品至今，作品包括繪本《短耳兔》、《短耳兔考 0 分》、《短耳兔與小象莎莎》、《小狗噗噗搬新家》和插畫小說《晴空小侍郎》、《少年讀西遊記》等，受到大小讀者歡迎。他創造的角色可愛又獨特，構圖既有巧思又有張力，繪本已譯成簡體中文、日、韓、泰、俄、印尼、土耳其等多國版本。作品曾入選加泰隆尼亞插畫雙年展、金蝶獎插畫類榮譽獎及亞洲繪本原畫雙年展榮譽獎，多次獲選爲義大利波隆那兒童書展臺灣館推薦插畫家。除了插畫，也從事藝術創作並舉辦多次展出，作品廣受私人及美術館收藏。

文字森林海

林世仁的詩　唐唐的圖

【繪者的話】

「爲《文字森林海》加上圖像最大的挑戰是，詩本身既是文字又是圖像，加太多搶了文字的丰采，太少又失去創作的意義，這之間的平衡是最難掌握的。

本以爲可在版面設計上著手，但在細讀每首詩後發現，詩的內容決定了它的編排結構，無法更動，詩的意涵和詩本身所賦予人的想像空間，就成了創作的重點。所以，我在詩中安排小女孩、蝴蝶、星星王子等詩中沒有提到的角色，延續詩的想像，同時讓畫面更爲生動。

另外，因爲詩集中有多首是經過解構後再重組的，就像在玩文字的構成元素，所以我也利用圖的三元素「點、線、面」來表現，以單純的線條爲主，加上色塊和低調的質感，偶而出現一些影像素材，增添視覺上的變化。詩文是字也是圖，同時也表達我的創作想法。」

——唐唐

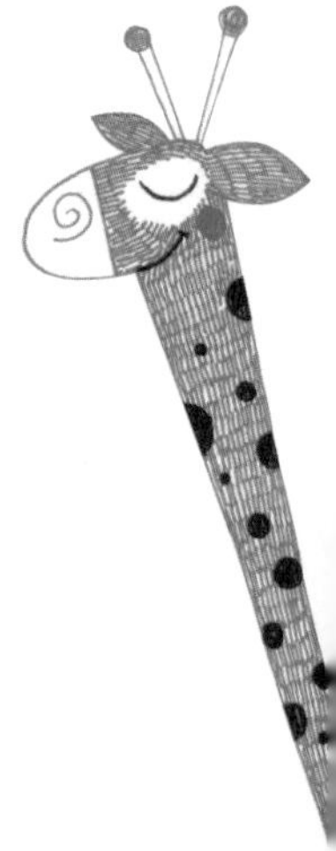

有趣的文字魔法書

國語日報前董事長 林良

文字是一座大森林，文字是一片大海洋。

文字的世界很大，任我們遨遊，夠我們玩得開開心心。

中國文字，四四方方，那可愛的形狀，像一個個小方塊。這些小方塊，可以正放，可以倒置，可以縮小，可以放大，可以散開，可以團聚，可以連接成線條，可以拼組成圖像，當然，還可以用來寫詩。

林世仁寫的詩，文字淺淺，巧思連連，很逗趣，卻又很有道理。他像一位魔法師，抓一把文字，玩百樣遊戲，讓你玩得盡興，不想回家。

這本具有「遊戲性」的詩集，可以形容爲詩中有圖，圖中有詩，圖有圖趣，詩有詩趣，實在是非常有趣！

詩的很多種表情

兒童文學作家 桂文亞

詩會走路嗎？是的。詩會唱歌嗎？會的。詩能跳舞嗎？沒錯。詩可以玩遊戲？可以。詩可以猜謎？當然！

眞的有這樣的詩？

這裡就有一本：《文字森林海》。完全不必擔心「看不懂」。

這本有動作、有表情的圖像詩集，是詩人林世仁的「童心創意大爆發」。古人曾說：「詩中有畫，畫中有詩」，指的是在詩的想像裡，看見了色彩、線條和佈局，在畫的意境裡，讀到了詩的美好和情意。而這一回，作者更加開拓了詩的另一種表情，將文字設計成精妙的圖形，展現了詩與畫手拉手的「天作之合」。

在這裡，詩中的每一個「字」，可能完整連貫，也可能各自獨立，搭積木似的，作者將它們「擺弄」了起來，忽大，忽小，或高或低，一字連一字，句句可讀；一行加一行，行行可誦。由於字句安排巧妙，位置排列得宜，我們讀到的，不但是一首首富有幽默感的好詩，還欣賞了排列組合得很巧妙的「詩畫」。「匠心獨具」，還不足以形容！

圖像詩究竟是先有「詩」的構想還是先有「圖」的構思？這麼一問，愈加凸顯了創作圖像詩需要具備的「雙重天份」。能創作出這樣一本詩集的人，除了想像力，更富創造力，不僅小朋友讀出笑聲，大人也同樣讀出趣味。

「趣味」，正是圖像詩最可貴的特質。

圖像詩雖已具備了「形式排列」的雛型，但如何呈現更豐富成熟的美感和韻律，卻取決於版面美術設計人和插畫者的另一次童心創意大發現了。

在這本詩集裡，讓人有一種驚奇的喜悅和感動：這麼可愛的一冊童詩集，竟能將現代的極簡，古典的繁複，天衣無縫的統合於一體。絹印版畫的效果；抽象普普的變形；電影廣告設計般的亮眼；兒童畫塗鴉的情趣……整體風格細緻、清雅，不正符合了詩的氣質嗎？神秘，耐人尋味，眞是美啊……

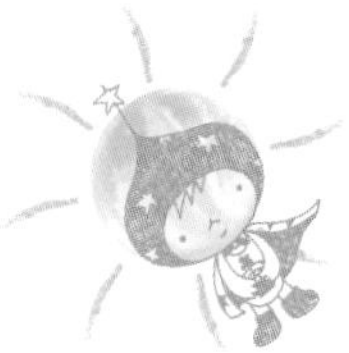

目錄

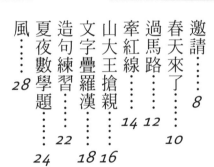

邀請

一隻小螞蟻
在草地上
碰到一隻
長頸鹿
小螞蟻抬起頭，
大聲喊
「喂，你那麼高不行哪！要低一點喔。」
「好，低一點。」
長頸鹿彎下脖子
「不行，不行，還是太高了！」
「好，我再試一試。」
長頸鹿努力蹲下來
「不行，不行，還要再低一點喲。」
「好，我再試一試……

…………………

……這樣可以了嗎？」

「可以可以，聞到了嗎？」

「聞到了！聞到了！耶！」

草地上
一隻
趴下
來的
長頸鹿
開心的
聞著
草地上
一朵
盛開
的
花

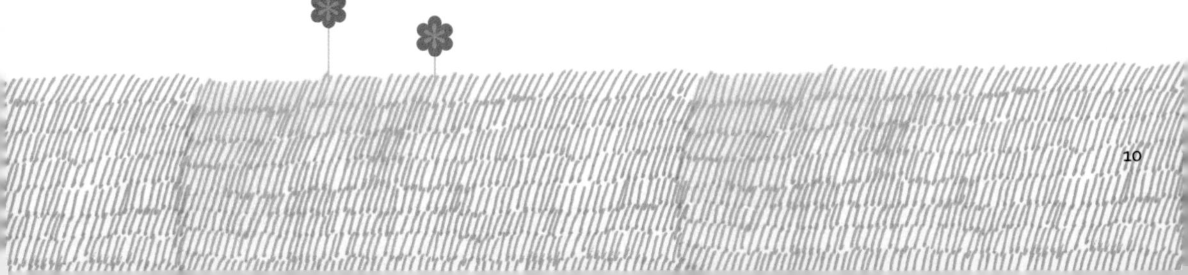

雷響了
雨來了
風變溫柔了

草醒了
花開了
樹換綠衣裳了

人瘦了
溫度計長高了
學校開學了

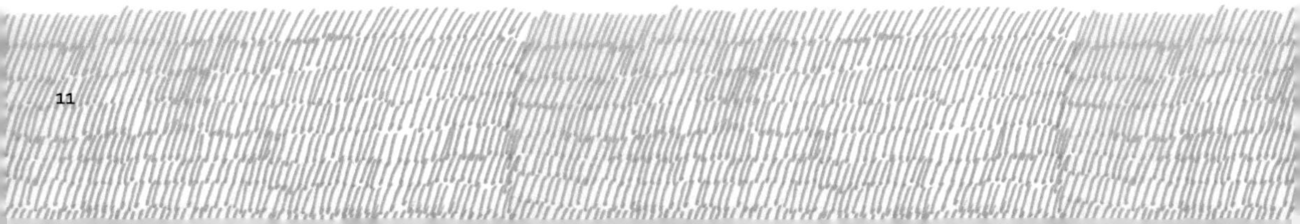

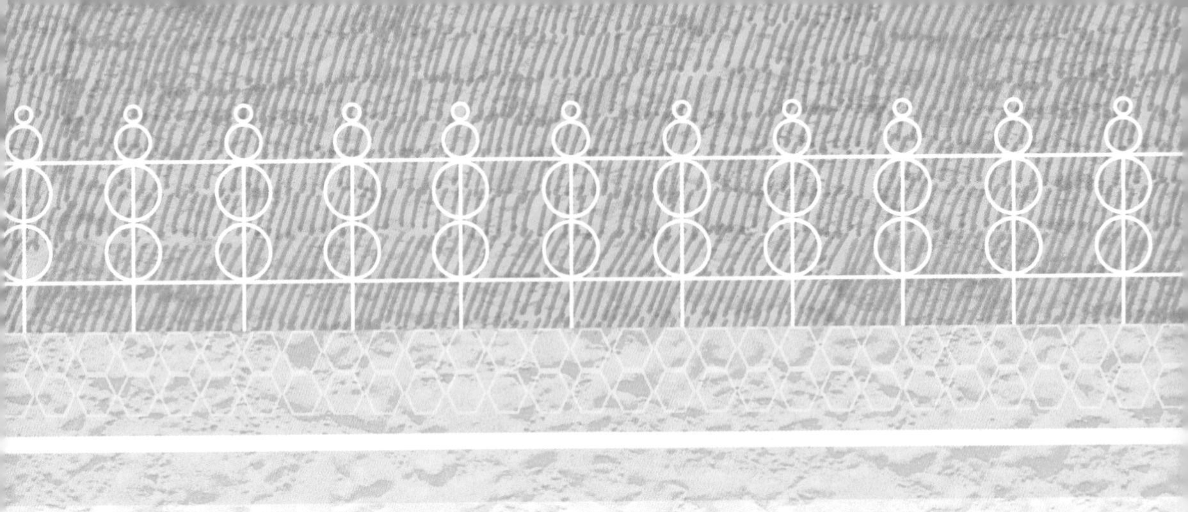

過馬路

哎呀！
紅綠燈求求你
在我轉身之前
千萬
千萬
千萬不要變綠燈啊
斑馬線對面
是

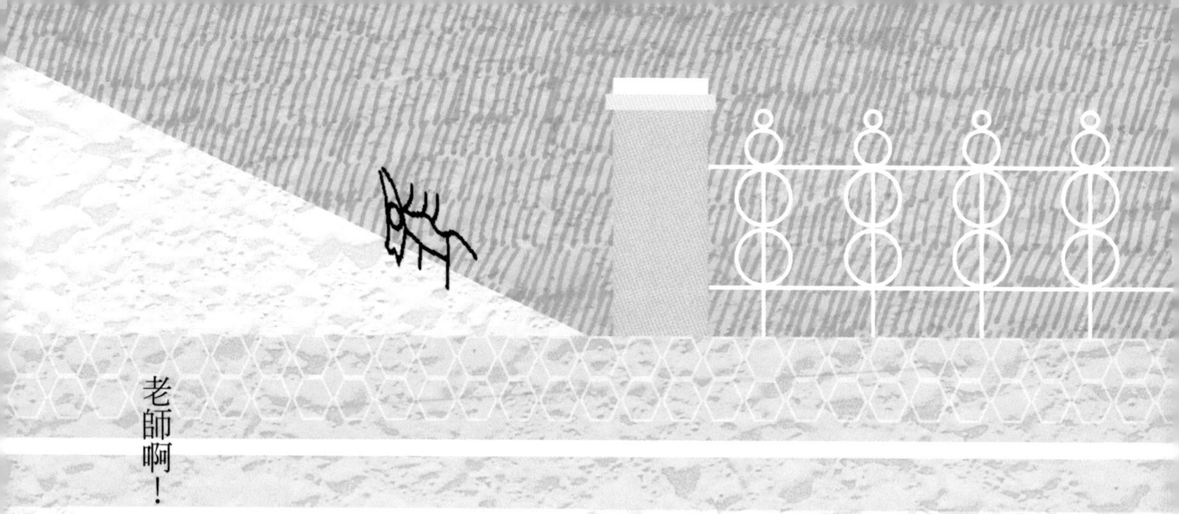

老師啊！

牽紅線

這裡有一首詩，它的偏旁被風吹散，掉到了空格的左邊。連連看，幫它們碰頭重聚，填在空格裡，讓詩恢復原貌吧！

火 一 日 日 丿 㐫 丿 口 亻 昔 木 辶

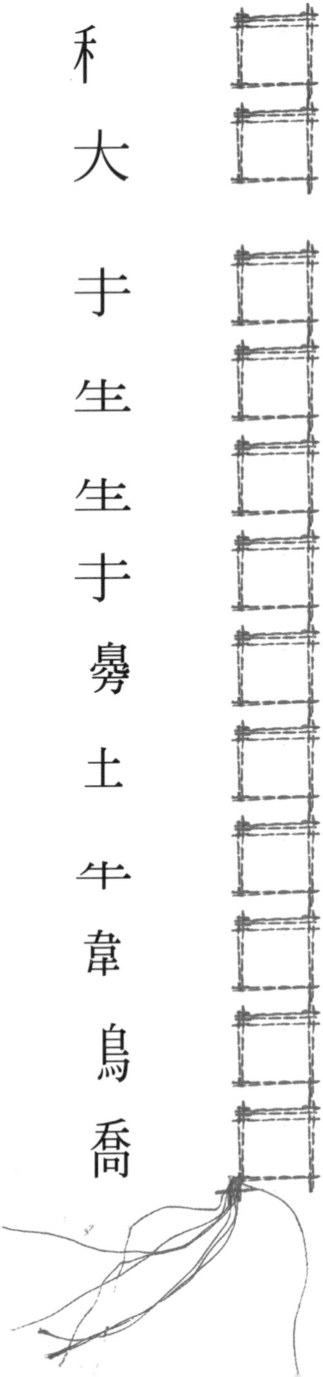

禾 大 扌 生 生 扌 臱 土 牛 韋 鳥 喬

手丨牛良对妾綫一丁

·目阝㇇扌音一卜女

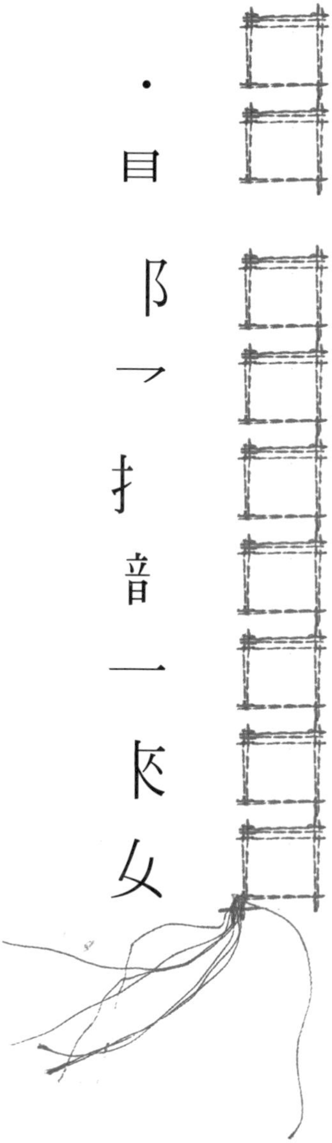

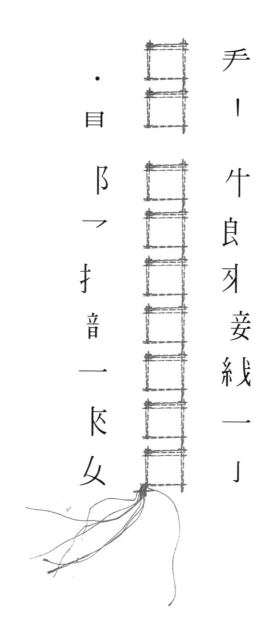

山大王搶親

「哎呀呀！」

「哎呀呀！」

石風由朋丘甲

山大王，要娶妻。
站在路旁搶嬌親。
過往行人紛紛逃。
偏偏有人不信邪，
呼朋引伴走過來：
石小姐，才抬眼，
哎呀變成岩夫人。
丘小姐，一低頭，
哎呀變成岳夫人。
風姐姐，由妹妹
甲小姐，朋女士
嚇得趕緊轉身逃。

「哎呀呀！」
「哎呀呀！」
你猜他們變成誰和誰？

文字疊羅漢

預備

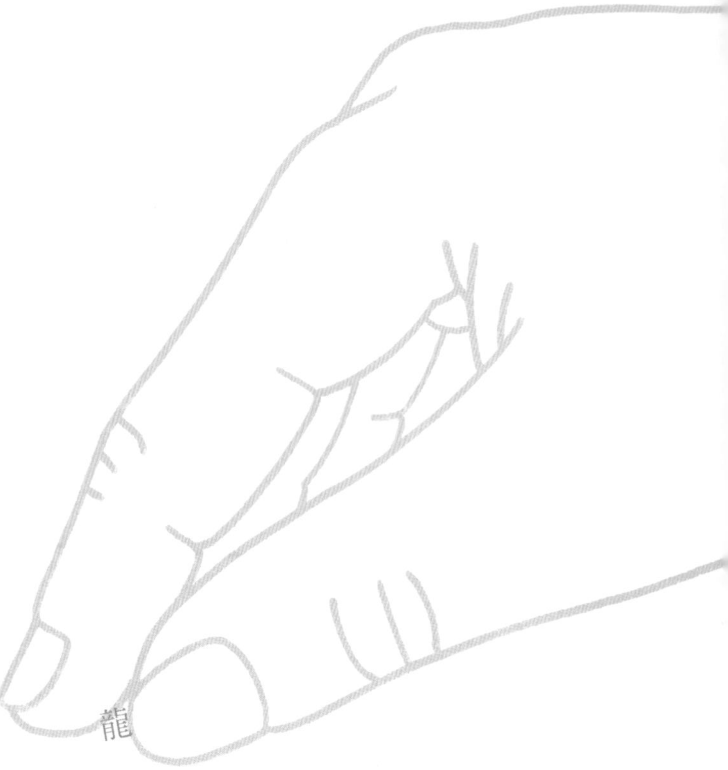

木ㄇㄨˋ　果ㄍㄨㄛˇ　貝ㄅㄟˋ　虫ㄔㄨㄥˊ　犬ㄑㄩㄢˇ　虎ㄏㄨˇ　鳥ㄋㄧㄠˇ　豕ㄕˇ　牛ㄋㄧㄡˊ　馬ㄇㄚˇ　魚ㄩˊ　龍ㄌㄨㄥˊ

門ㄇㄣˊ　車ㄔㄜ　風ㄈㄥ　夕ㄒㄧˋ　月ㄩㄝˋ　田ㄊㄧㄢˊ　石ㄕˊ　心ㄒㄧㄣ　火ㄏㄨㄛˇ　山ㄕㄢ　水ㄕㄨㄟˇ　瓜ㄍㄨㄚ

開始！

牛牛牛牛 ㄑㄩㄣˊ　魚魚魚魚 ㄧㄝˋ　龍龍龍龍 ㄓㄜˊ

木木木 ㄙㄣ　果果果 ㄖㄨㄢˇ　貝貝貝 ㄅㄟˋ　虫虫虫 ㄔㄨㄥˊ　犬犬犬 ㄅㄧㄠ　鳥鳥鳥 ㄋㄧㄠˇ　豕豕豕 ㄅㄧㄣ　牛牛牛 ㄅㄣ　馬馬馬 ㄅㄧㄠ　魚魚魚 ㄒㄧㄢ　龍龍龍 ㄊㄚˋ

木木 ㄌㄧㄣˊ　果果 ㄔㄨㄚˇ　貝貝 ㄧㄥ　虫虫 ㄎㄨㄣ　犬犬 ㄧㄣˊ　虎虎 ㄧㄢˊ　鳥鳥 ㄋㄧㄠˇ　豕豕 ㄅㄧㄣ　牛牛 ㄍㄨㄟˋ　馬馬 ㄡˋ　魚魚 ㄩˊ　龍龍 ㄊㄚˋ

木 ㄇㄨˋ　果 ㄍㄨㄛˇ　貝 ㄅㄟˋ　虫 ㄔㄨㄥˊ　犬 ㄑㄩㄢˇ　虎 ㄏㄨˇ　鳥 ㄋㄧㄠˇ　豕 ㄕˇ　牛 ㄋㄧㄡˊ　馬 ㄇㄚˇ　魚 ㄩˊ　龍 ㄌㄨㄥˊ

門門門門ㄉㄤˋ 車車車車ㄎㄜ 風風風風ㄏㄡ 月月月月ㄉㄤˇ 田田田田ㄌㄟˊ 石石石石ㄌㄟˇ 燚ㄧˋ 水水水水ㄇㄢˋ

門門門ㄏㄨㄛ 轟ㄏㄨㄥ 飍ㄅㄧㄠ 月月月ㄐㄧㄥ 畾ㄌㄟˊ 磊ㄌㄟˇ 惢ㄙㄨㄛˇ 焱ㄧㄢˋ 淼ㄇㄧㄠˇ

門門ㄅㄠ 車車ㄧㄣˋ 風風ㄒㄧㄤ 多ㄉㄨㄛ 朋ㄆㄥˊ 畕ㄐㄧㄤ 砳ㄌㄜˋ 心心ㄈㄢˇ 炎ㄧㄢˊ 屾ㄕㄣ 沝ㄓㄨㄟˇ 㼌ㄩˇ

門ㄇㄣˊ **車**ㄔㄜ **風**ㄈㄥ **夕**ㄒㄧˋ **月**ㄩㄝˋ **田**ㄊㄧㄢˊ **石**ㄕˊ **心**ㄒㄧㄣ **火**ㄏㄨㄛˇ **山**ㄕㄢ **水**ㄕㄨㄟˇ **瓜**ㄍㄨㄚ

造句練習

值日生：小如果

因爲　小因為了翹課裝病，很不應該

所以　衛生所以針筒嚇人，很不應該

然而　她叫小然而且是女生，叫她小男，很不應該

可能　喝可可能讓人變聰明，不給我喝，很不應該

大概　習題上有「大概」，就要我們造句，很不應該

以爲　罵人？大人可以為什麼小孩子不可以？很不應該

但是　小明不但是班長，還考第一名，很不應該

以及　爸爸以及格不及格來嚇唬我，很不應該

如果　小如果然又要我還錢，很不應該

恐怕　小恐怕大恐，小恐龍怕大恐龍，縮寫很不應該

也許　我看見流星也許了願，還考零鴨蛋？流星很不應該

因此　以上造句不好，全因此次題目很爛，題目很不應該

夏夜數學題

一顆地上的小星星
+
兩粒熱騰騰的小鑽石
+
三顆愛眨眼的電燈炮
+
四枚神祕的貓眼
+
五盞學跳舞的小燈籠
+
六支小人國的手電筒
+
七把惡作劇的鬼火
+
八顆耀眼的小珍珠

+ 九盞夏夜的霓虹燈
+ 十粒慢跑的小水晶
+ 十一根學飛的香煙頭
+ 十二朵吹不熄的火花
+ 十三點脫隊的煙火
+ 十四座迷你的空中燈塔
+ 十五朵暖呼呼的小雪花
+ 十六個閃著希望的小小心願
=

一群放學回家的螢火蟲

風

風
輕輕吹
「嘻嘻，好癢！」
小草踮起腳尖呵呵笑

風
柔柔吹
「好舒服啊！」
小花抬起頭　伸伸手

風
用力吹
風箏飛上天
「再強一點！再強一點！」

風
呼呼吹
小樹彎下腰
「哎呀！我要碰到地了啦！」
風
轟轟吹
招牌向電線桿揮揮手
「再見！再見再見！」

星星話

咦，是誰在看我們？
是男生耶
是女生啦
遠遠的　好像在讀詩
不對不對　是在看我們啦
不不不　他在讀詩　書上的詩
不不不　他在看我們　天空上的星星
我知道　我知道
我們是詩　詩就是我們
天空是書
我們是字
一閃　一閃
一眨　一眨
在天空上
寫
詩

眨 眨 眨 閃 閃 閃 閃

詩在天空上眨眼睛
瞧 他讀得多開心
哎呀 他要翻過這一頁了
怎麼辦？怎麼辦？
唉…… 黑夜總是一下子就過去
沒關係 沒關係 黑夜明天還會再回來
對對對 我們明天再來天空上寫詩

啦啦隊的花式練習

整隊

向——前——看——齊！

我們 歡笑 山 今天 失敗 支持 的

你 淚水 路 明天 加油 轉 的

隊形一

失敗加油！我們支持你！
山不轉路轉，今天的淚水將成明天的歡笑！

隊形二

淚水加油！失敗支持你！
今天不轉我們轉，明天的山將成歡笑的路！

隊形三

山加油！路支持你！
明天不轉今天轉，失敗的歡笑將成淚水的我們！

隊形四

歡笑加油！淚水支持你！
失敗不轉我們轉，山的明天將成路的今天！

隊形五

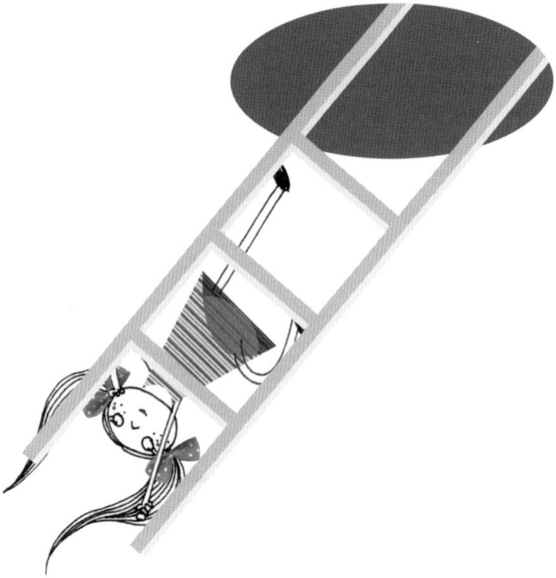

誰說一定要從上往下讀?
樹是從下往上長
樓房是一層一層往上蓋
人是從矮長到高
爬梯子也得從下往上一步一步來
你聽過羅漢疊是由上往下疊起來的嗎?
你見過爬山是從上往下爬的嗎?
你說,這些你都懂
你只是不明白

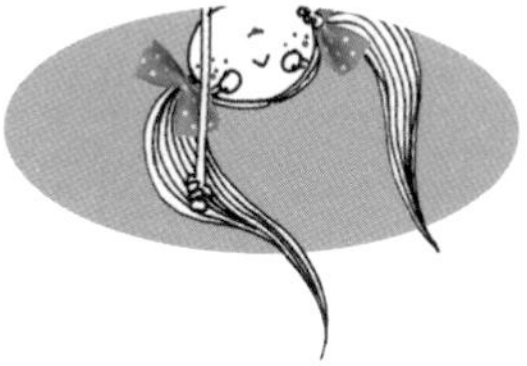

？讀上往下由要詩首這麼什爲
吧好
你服說法沒都這果如
麼那
你訴告偷偷以可我
白明才剛剛是也己自詩首這
走啊走，走上往下由它爲因
走啊走
行一又行一過穿
在現到直
現發於終
：叫就題標的它

倒讀詩

風災

森林

林

木林森林

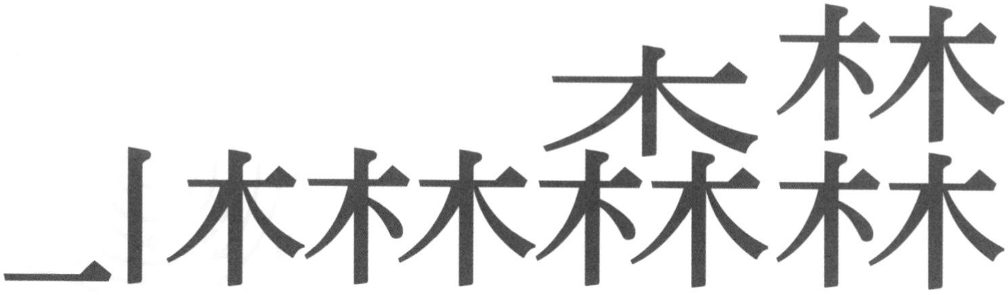

王小小減肥記

七月 宵夜再見零食再見 飯後甜點再見

八月 肥鵝再見烤鴨再見 炸雞腿再見

九月 控肉再見火腿再見 豬肝湯再見

十月 龍蝦再見蛤蜊再見 大閘蟹再見

十一月 漢堡再見蛋餅再見 蔥油餅再見

十二月 蛋糕再見布丁再見 巧克力再見

一月 洋芋再見杏仁再見 冰淇淋再見

二月　核桃再見瓜子再見　花生酥再見

三月　糖果再見蜜餞再見　馬蹄糕再見

四月　蜂蜜再見果醬再見　鮮奶油再見

五月　熱狗再見果凍再見　口香糖再見

六月　咖啡再見啤酒再見　可樂再見

七月　耶！減肥成功——可以大吃一頓嘍！

生氣的與不生氣的

你用力把石子砸進湖心
湖水驚呼一聲

漾起一圈一圈漣漪稱讚你正中圓心！

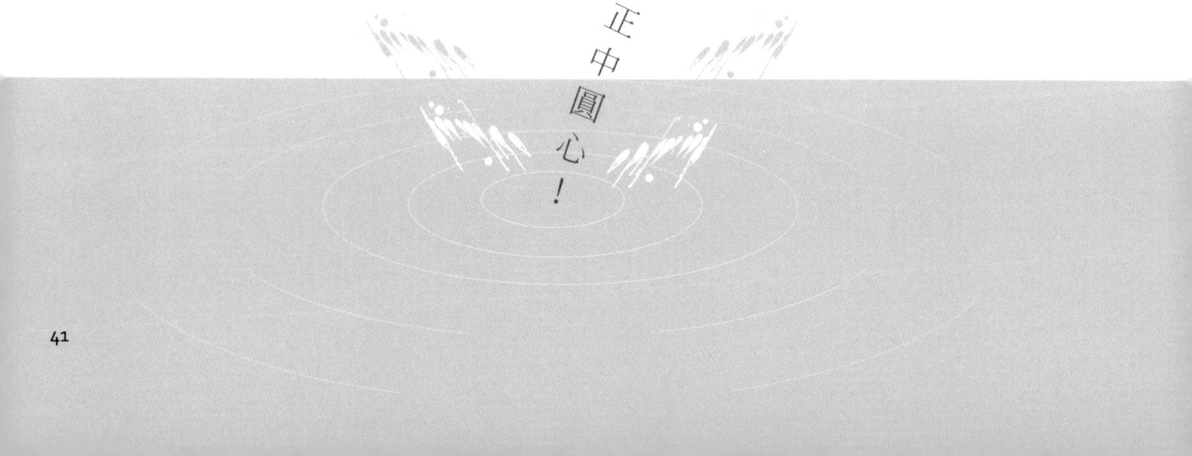

煙囪寫詩

就是要自由

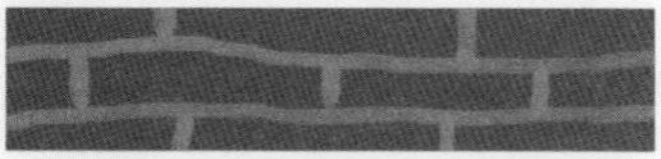

有一些人你怎麼留他
他就是留不住留不住
有一些心你怎麼哄它
它就是要出去要出去
有一些話你怎麼藏它
它就是藏不住藏不住
有一些夢你怎麼攔它
它就是攔不住攔不住

葉葉葉花花 葉葉葉 葉 葉 葉葉　　葉葉葉葉 葉 葉葉花
葉葉 葉 葉葉 葉葉　花花　　葉　　花
花花葉葉 花花 葉葉 花花　葉花 葉 花 葉葉 葉 葉
　　　葉　　葉 葉 葉 葉 葉 葉葉
　葉花花葉 花葉花花 花花 葉花 花花花 葉 葉
花花 葉 花葉花 葉 葉 葉
葉 葉葉 花 花 葉花　葉葉 葉葉 葉 葉 葉
　葉 葉葉葉 葉葉 葉 葉葉 葉花 花
　　葉 葉花花 葉　　花
花花葉　花花 葉葉 花花　葉花 葉 花葉花
花花　花 花花 花花 葉花 花葉花花
花花花　葉 花花 葉　　花花葉
葉 葉葉 花 花 花　葉
　葉 葉 葉 葉 葉 葉 葉 葉 葉花
　　　　葉葉 葉 葉 葉 葉
葉 葉 葉 葉 葉 花
　　枝
　枝
枝
枝

毛毛蟲

一隻好餓好餓的毛毛蟲往前走

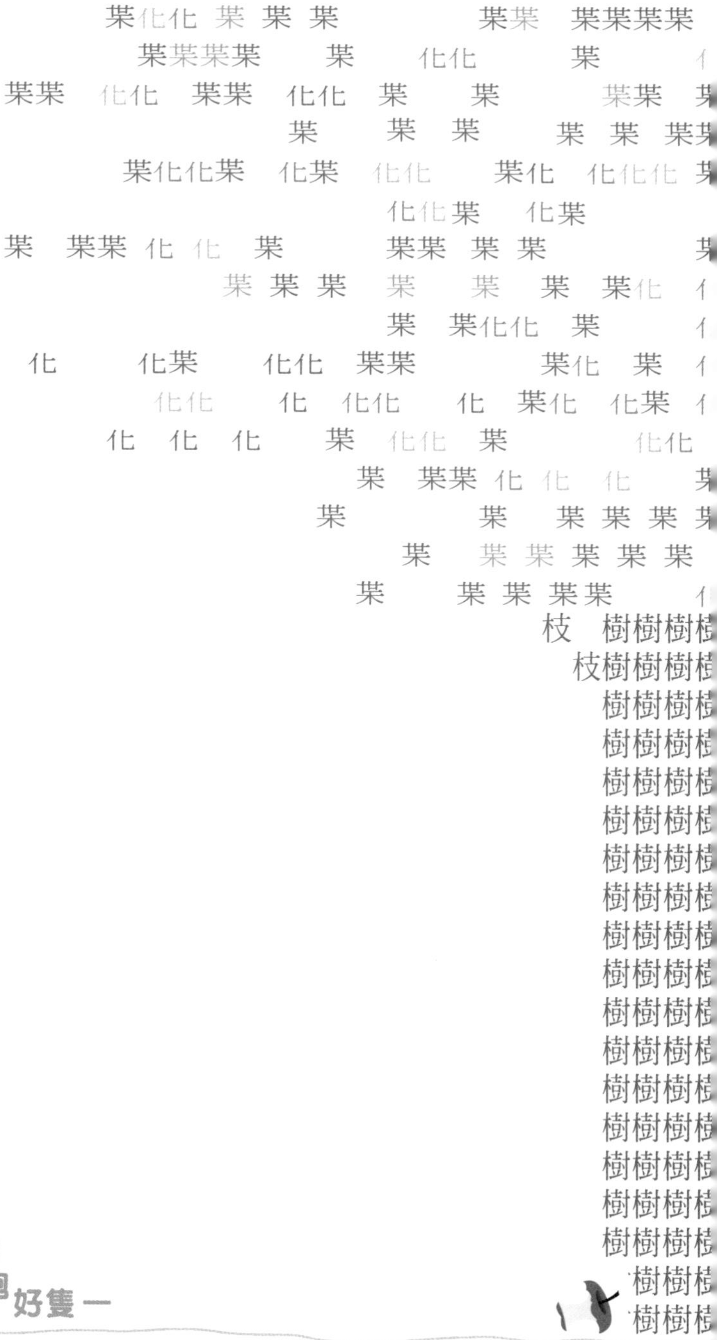

一隻好飽好飽的毛毛蟲往前走

山的連作

山
有些
膽子小
靜靜站著
不敢再
往上
長

山
有些
胖胖的
坐在地上
撐著樹陽傘
閉眼睛打呼嚕
白雲看見了
以爲山在
練呼吸
學打
坐

山
有些
懶懶的
坐在海邊
風也吹不動
雲也趕它不走
海浪呼呼湧上來
生氣大叫走開走開
山仍然動也不動
眨眨眼直管笑
它說別鬧了
哪有說走
就走的
金字
塔

山
有些
很好客
邀樹來住
請小鳥來玩
任瀑布嘩嘩流
隨動物玩捉迷藏
一年四季都不打烊
還讓相機外帶風景
看啊白雲在四處發請帖
聽啊山風在唱邀請歌
彩虹也在對我招手
芒草沿路彎下腰
知了在聲聲催促
他們都在說
快來快來
手牽手
來爬
山

耶
開始
爬山嘍
一二一二
踩過電線桿
爬過樓房屋頂
和白雲打聲招呼
擦擦汗水調調呼吸
陽光在樹梢一路跳高
帶領我們往上爬向上走
哇
站在高高的山頂往下看
世界又寬又大好像拼圖
哎呀雲也擠來看熱鬧
好多雲雲雲雲雲雨
雨雨雨雨雨停了
啊風景更清涼
回頭看一眼
一二一二
下山吧
回家
嘍

是誰惡作劇？

我
是海
眞的海
藍藍的海
一眼望不盡
天天天藍的海
波波相連多澎湃
哪個調皮鬼愛搗蛋
把我切成塊又疊成山
害我變成這副怪模怪樣
雖說海誓山盟山海本一家
但弄成這樣實在太尷尬
你看小鳥飛來想做窩
梅花鹿想爬好漢坡
猴子結伴摘水果
穿山甲忙賽跑
跑輸還說好
沒人看出
我是海
只能
唉

太陽靜靜看著不說話

公轉

地球繞著太陽轉 住在地球上的我們也繞著太陽轉 我們的心繞著太陽轉 心裡的房客啊 也繞著太陽轉 轉啊轉 轉啊轉 甜甜的愛 繞著太陽轉 惱人的恨 繞著太陽轉 迷人的微笑 繞著太陽轉 濕濕涼涼的眼淚 也繞著太陽轉 轉啊轉 轉啊轉 一年轉一圈 一年又一年 愛啊愛 你繞了太陽幾圈？ 恨啊恨 你繞了太陽幾圈？ 痛苦啊痛苦你幾歲？ 歡笑啊歡笑你多大？（眼淚是眼淚 你還在繞嗎？）喂，什麼樣的心情不肯停？ 什麼樣的心情不敢繞？ 想一想，試一試 你想用什麼樣的心情繞著太陽轉？

向右跌進詩海

文字森林海

林世仁的圖像詩繪本

詩｜林世仁　圖｜唐唐

責任編輯｜黃雅妮　封面設計｜唐壽南　內頁設計｜唐壽南、王薏雯
行銷企劃｜林思妤、高嘉吟
天下雜誌群創辦人｜殷允芃　董事長兼執行長｜何琦瑜
兒童產品事業群
副總經理｜林彥傑　總監｜黃雅妮　版權專員｜何晨瑋、黃微真

出版者｜親子天下股份有限公司　地址｜台北市 104 建國北路一段 96 號 4 樓
電話｜（02）2509-2800　傳真｜（02）2509-2462　網址｜www.parenting.com.tw
讀者服務專線｜（02）2662-0332　週一～週五：09:00~17:30
傳真｜（02）2662-6048　客服信箱｜bill@cw.com.tw
法律顧問｜台英國際商務法律事務所・羅明通律師
製版印刷｜中原造像股份有限公司
總經銷｜大和圖書有限公司　電話：（02）8990-2588

出版日期｜2013 年 2 月第一版第一次印行
2021 年 9 月第二版第一次印行
定價｜380 元　書號｜BKKP0281P　ISBN｜978-626-305-071-6（精裝）

訂購服務

親子天下 Shopping｜shopping.parenting.com.tw
海外・大量訂購｜parenting@cw.com.tw
書香花園｜台北市建國北路二段 6 巷 11 號　電話（02）2506-1635
劃撥帳號｜50331356　親子天下股份有限公司

國家圖書館出版品預行編目資料

文字森林海：林世仁的圖像詩繪本／
林世仁詩；唐唐圖．-- 第二版．-- 台北市：
親子天下，2021.9
104 面；17×20 公分．--
ISBN：978-626-305-071-6（精裝）
863.598　　　　　　　　110012789

文字森林海

林世仁的詩 唐唐的圖

【新版序】

詩的另一種可能

林世仁

中文字會變魔術，這本詩集也是。

它有三個變化。

2004 年 7 月，虫二出版社推出了這本書的第一個版本。當時，在好友陳欣希的統籌和美編陳筱媛的全力配合下，我幸運得以參與編輯，決定全書的版式和圖文呈現格式。作爲第一本圖像詩集，我把焦點聚集在文字本身，突顯「文字即圖像」的特色，壓低了插圖比例，讓全書有一種宛如文字般的內斂質感。但也因爲我不懂美術，成品在視覺美感上，不免少了一些潤澤。

2013 年 1 月，第二版由親子天下出版。好友唐唐跨刀相助，爲這本書改換了新妝。新的版本典雅細緻，呈現出全彩的風貌和圖文合奏的新樣式。特別的是，唐唐以「創作繪本」的精神，突顯出插畫的視覺元素，賦予了作品更強烈的動感。新舊版本各有偏向，舊版是圖像詩的本眞派，新版有繪本的繽紛亮彩，我都很喜歡。

今年，親子重新推出「破萬冊慶賀版」來答謝讀者的肯定。新版中，我們精校了幾處小地方，讓成品更臻完善。

而這一切，都是向中文字獻上禮讚。中文字方方正正，就像可愛的小積木，可以正放，可以倒置；可以縮小，可以放大；可以散開，可以疊羅漢……用這些「充滿彈性」的方塊字來寫圖像詩，眞是再方便不過！

圖像詩，顧名思義，便是「圖像詩、詩像圖」！把詩句排列成圖形，「詩中有畫，畫中有詩」。圖像詩的遊戲精神，和童心的活潑性格，恰好相應。

《文字森林海》便是我運用中文字的特色所創作出來的圖像詩集。爲了突顯中文字可以直排又能橫排的超強美感，詩集採用雙封面設計：右翻面是「左邊有座文字森林」，收直排詩 19 首；左翻面是「向右跌進詩海」，收橫排詩 22 首。41 首詩，除了用文字摸擬圖像之外，也展示了遊戲、互動、顚覆等創意，希望能呈現圖像詩在電腦時代的多種可能，創造詩的另一種表情。

圖像詩是童詩中「影音效果」最強的，是童詩中的電影、戲劇、舞蹈、嘉年華！宜於扮裝、適合翻新，是最標準「游於藝」的類型。這在唐唐設計的新版本中，恰好得著了印證。

集中的詩，大多是我在 2003 年和 2004 年兩個春天中完成的。能用「字中有畫」的中文字，來創作「詩中有畫」的圖像詩，是一次美好的創作經驗。多年後，很高興這本詩書能精益求精，新版於讀者面前。心中歡喜，如同春天降臨！

目錄

有話待會兒再說

你怎
麼能
怪我
不聽
你說
話呢
我
正在
下
樓梯耶

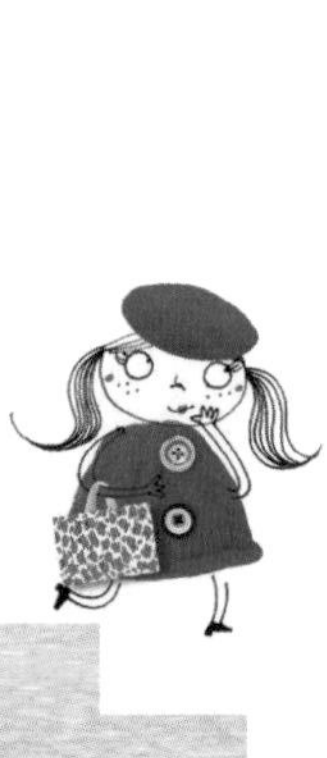

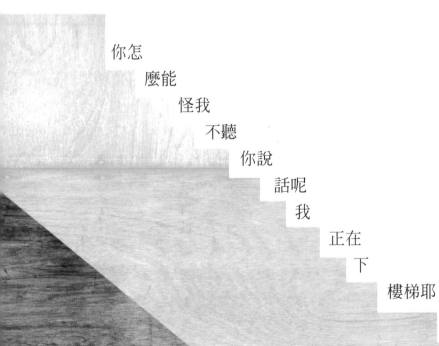

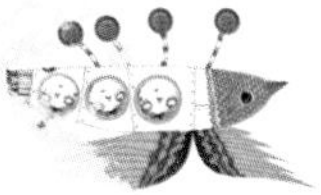

角度

世界不會為我們倒過來；但是我們可以倒過來看這個世界，從不如意中看出微笑！

常態編班

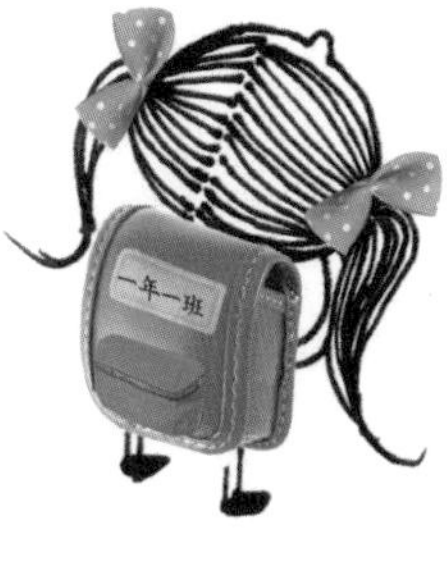

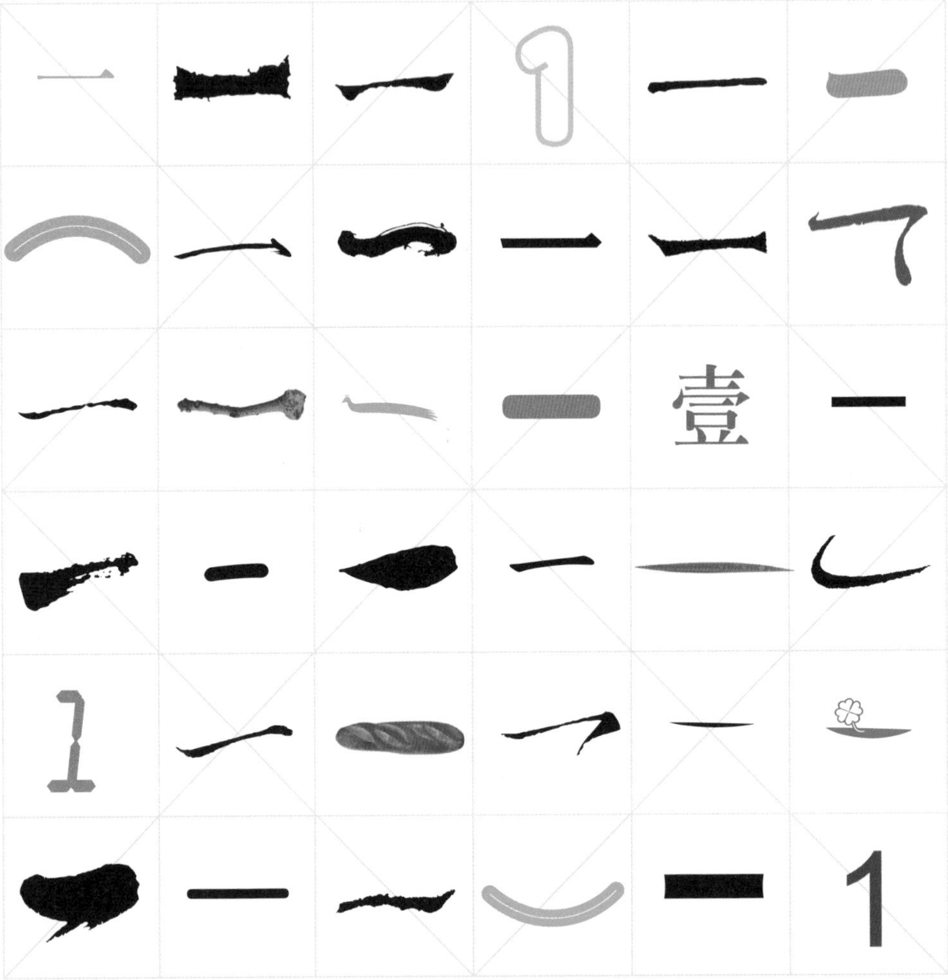
壹
1

風吹鵝

一隻鴉邀一隻鵝到雲上玩

忽

然

吹

來

一

陣

風

吹落了牙鳥

吹掉了我鳥

牙 鳥　　　　鳥

我 鳥

鳥

牙

我

大地撿到一顆 牙 和一個 我：咦，是誰掉了牙？又忘了自己？

實話

我怎麼會討厭你呢？

我從來不說謊！

你那天不能來真是遺憾。

改天我們務必好好聚聚，不見不散！

認錯

是我？誰說的？
怎麼可能？不不不！不是我。

是我？誰說的？怎麼可能？不不不！不是我。

是我？誰說的？怎麼可能？不不不！

是我？誰說的？怎麼可能？

是我？誰說的？

是我？

是

有一個字

有一個字，太陽每天對著藍天說

♥藍天每天對著白雲說

白雲每天對著大海說♥大海每天對著浪花說♥浪花每天對著沙灘說♥

沙灘每天對著山崖說♥
山崖每天對著大地說♥
大地每天對著樓房說
樓房每天對著月亮說♥
月亮每天對著媽媽說♥
媽媽每天對著我說♥
什麼時候♥
我才敢對著你說？

團結力量大

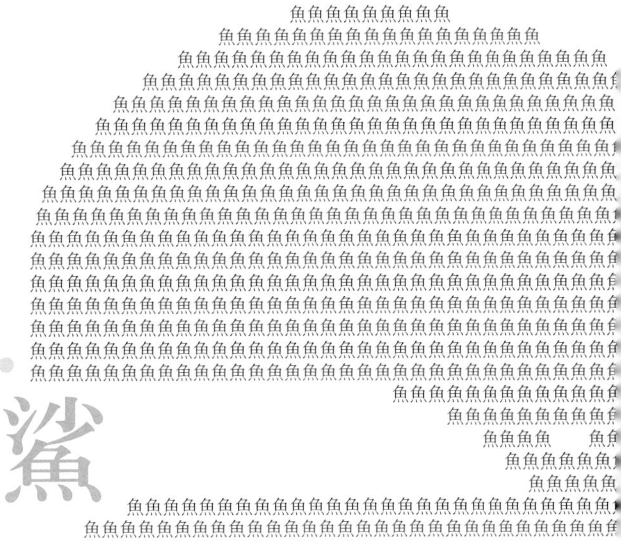

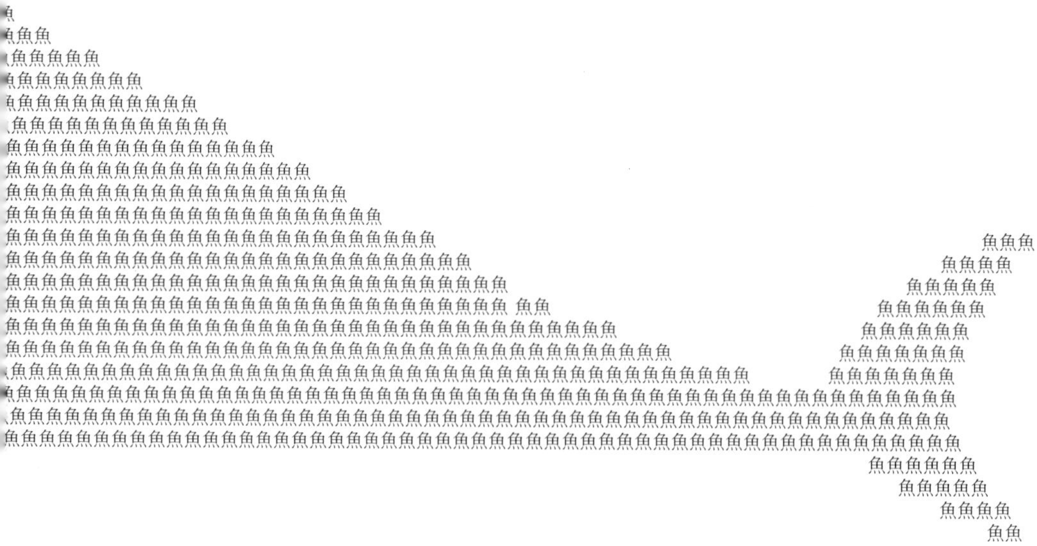

下雨了

哇
下雨了
雨傘開花啦
黃雨傘有檸檬香
綠雨傘結伴跳西瓜舞
藍雨傘齊聲高唱藍色樂章
紅雨傘一抬頭滿街都變夕陽紅
雨珠滴滴答搶著在格子傘上寫填空
水花嘻瀝瀝手牽手看花花傘表演服裝秀
聽大雨小雨雨聲叮叮咚大傘小傘傘花嘩啦啦
嘩啦啦叮叮咚雨傘大會要開始快來快來雨中大會
就
差
你
這
一
把
花花傘

星期天，誰來陪我玩？

早上好忙啊一個人在房間裡看電視時間在遙控器上跳來跳去

下午好忙啊一個人在補習班補英文時間在橡皮擦下擦來擦去

晚上好忙啊一個人在房間裡打電動時間黏在搖桿上面搖來搖去

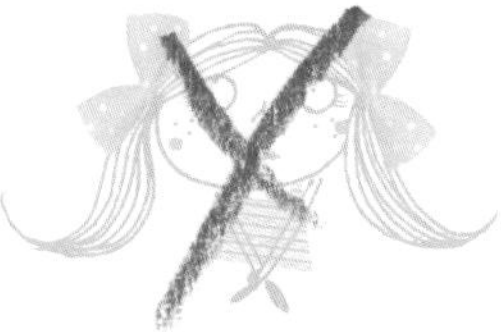

夜裡好忙啊一個人在夢裡又唱又跳時間躲在枕頭下面藏來藏去

仙人掌

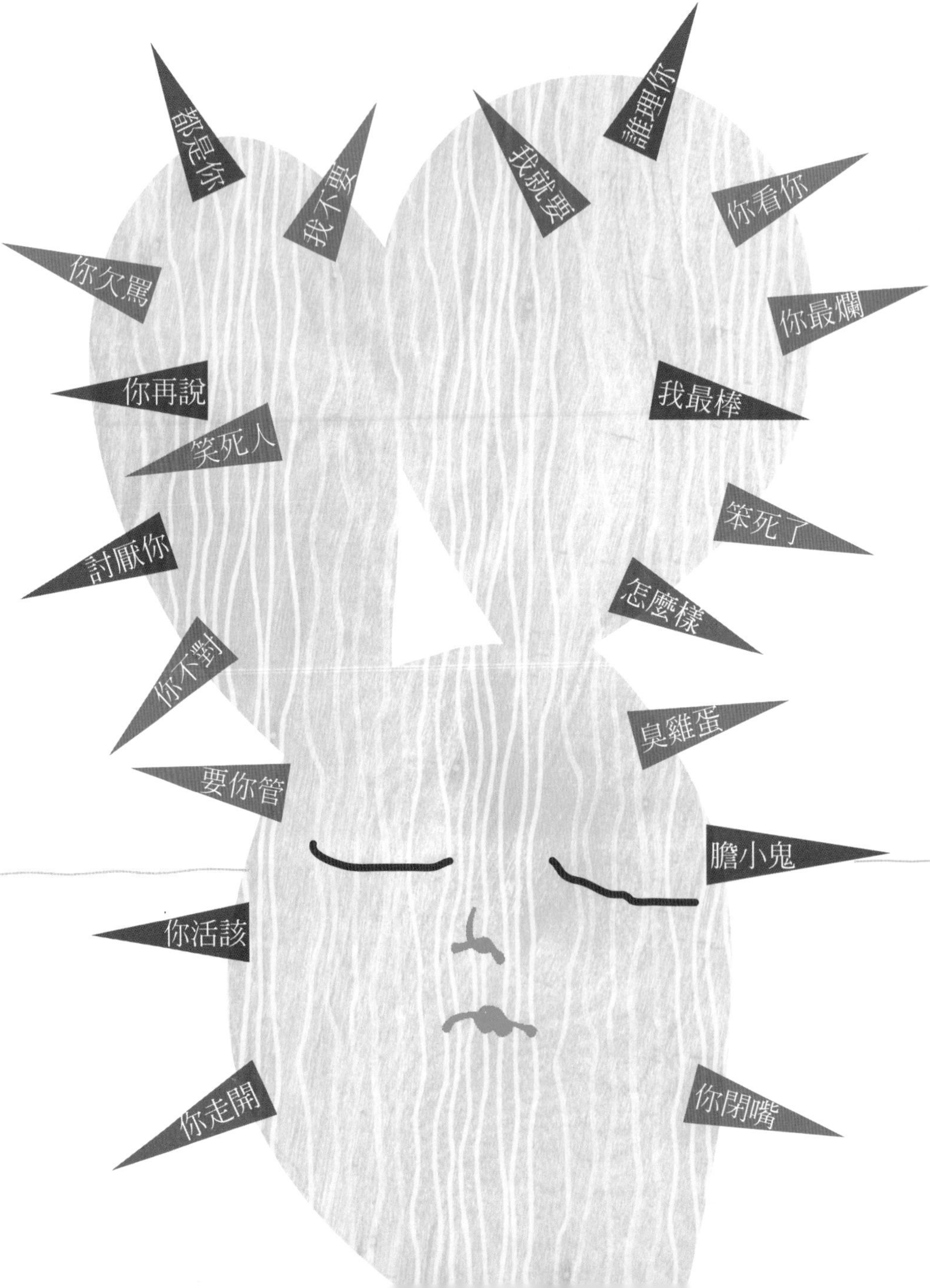
都是你
我不要
我就要
誰理你
你看你
你欠罵
你最爛
你再說
我最棒
笑死人
笨死了
討厭你
怎麼樣
你不對
臭雞蛋
要你管
膽小鬼
你活該
你走開
你閉嘴

八腳怪在哪裡？

聽說陸上來了一隻八腳怪，花中吃，雪中吃，看見什麼吃什麼。不管你是誰，動一下就被吃掉，不動不跑也吃掉！大家害怕紛紛逃

@ <

燈塔說放心放心哪有八腳怪

雲梯伸長脖子沒看到

樓房踮起腳尖沒看到

飛機飛到空中沒看到

警車嘟嘟上山找不到

路燈抬頭說不要怕不要怕

還好世上沒有八腳怪

稻草人

熱
熱熱熱
熱熱熱熱熱
熱熱熱熱熱熱熱
熱熱熱熱熱熱熱熱熱熱熱
站在太陽底下
怎麼也想不透
想不透
為什麼我熱情的張開雙臂麻雀卻不肯飛來不願靠近不敢停在我的肩膀
來嘛愛唱歌的麻雀
來嘛愛鬥嘴的麻雀
快來我的肩膀上歇一歇
別去田裡找稻穀們吵嘴
我會聽你們唱歌陪你們聊天
快來嘛坐位有限訂位要趁早呢
嘻嘻有人來了哎呀呀是螞蟻弟弟
哇一種熟悉的感覺又從腳底傳了上來
癢
癢
癢
癢
癢
啊

猜猜我是誰？

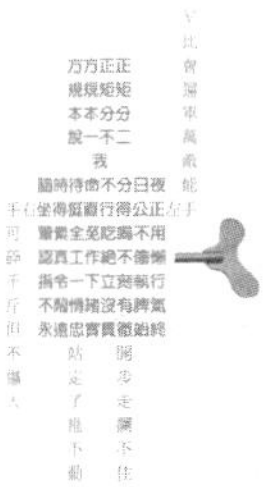

V
比
會
還
軍
萬
敵
能

方方正正
規規矩矩
本本分分
說一不二
我
隨時待命不分日夜
手右坐得挺直行得公正左手
可 葷素全免吃喝不用
碎 認真工作絕不偷懶
千 指令一下立刻執行
斤 不鬧情緒沒有脾氣
但 永遠忠實貫徹始終
不 站 開
傷 定 步
人 了 走
推 攔
不 不
動 住

V
比
方方正正　會
規規矩矩　還
本本分分　軍
說一不二　萬
我　敵
隨時待命不分日夜　能
手右坐得挺直行得公正左手
可　葷素全免吃喝不用
碎　認真工作絕不偷懶
千　指令一下立刻執行
斤　不鬧情緒沒有脾氣
但　永遠忠實貫徹始終
不　站　開
傷　定　步
人　了　走
推　攔
不　不
動　住

森林裡的小紅帽

小紅帽

森林裡有七個白雪公主　一個小矮人　可憐的王子不知要吻誰
愛麗絲跌進樹洞往下掉　掉啊掉　往下掉　穿過地球掉到火星
森林東邊　　　　　　　　　　　　　魯濱遜在找他的星期五
森林西邊　三隻小豬就快碰到大野狼　房子一棟也沒蓋怎麼辦
森林南邊　七隻小羊吵著要七個弟弟　羊媽媽嚇得不敢再回家
森林北邊　睡美人剛睡醒　　　　　　　　　　　　　旁邊沒人
哎呀　　　青蛙王子忘了　不可以隨便跟青蛙親嘴　要等公主
糟糕　傑克的仙豆長啊長　穿過白雲又穿過了藍天　纏到衛星
芝麻　開門　　　　　　　阿里巴巴聲音忽然啞掉
烏龜　　和　兔子要賽跑　可是沒人想看　連裁判　也找不到
小木偶說謊　鼻子長啊長　　　　　　　　　長成了跨海大橋
森林裡的花　東一朵西一朵開得紅豔豔　漂漂亮亮等著人來採
森林裡的狼　　　　　　　　　　　偽裝成以上各種角色大聲喊
「快來快來，幫幫我！」小紅帽　停也不停　因為外婆在等她

外婆

歡迎光臨愛麗絲
歡迎光臨鏡中的世界
在這裡謎面變成謎底
奇怪的倒影找到了主人
殘缺的部分還原成整體
左左右右換個角度看世界
妳將發現鏡裡鏡外的新鮮事
來吧看一看什麼不變什麼變
黃山圓山華山金山日日天開
青山一人早　早入一山青
眞理絕不上下顛倒左右相反
海枯石爛也改變不了我愛你
～！＠＃＄％︿＆＊（＋）
ㄅㄆㄈㄇABCD△□○
妳瞧有正有反結果各不同
所以拜託千萬別去學王后
天天照鏡子來煩我又問我
誰是世界上最美麗的人
因為我的答案啊答案
可能完完全全正確
也許恰恰相反

有時候　讓人變成詩人，清風明月都是好朋友

有時候　讓人變成**關公**，**紅紅的臉** **說話讓人臉紅**

有時候　讓人飄飄欲仙，想去找嫦娥聊天

有時候　讓人變成「好好」先生，做什麼事都阿沙力

有時候　讓人變成臭屁王，一粒沙也能膨脹成宇宙

有時候　讓人變成太空人，睜開眼睛就是滿天星

有時候　讓人變成地球，看的想的聽的都開始轉圈圈

看的想的聽的都開始轉圈圈

有時候

有時候　久久想不出來要讓人怎樣，就「匡啷！」一聲，讓人心疼久久

找朋友

星期一，嘰哩咕嚕去找王小小。

王小小說：「走開走開，我才不跟大胖子玩！」

星期二，嘰哩咕嚕去找王小小。

王小小說：「走開走開，我才不跟小不點玩！」

星期三，**嘰哩咕嚕**去找王小小。

王小小說:「走開走開，我才不跟髒兮兮的人玩。」

星期四，ㄐㄧㄌㄧㄍㄨㄌㄨ去找王小小。

王小小說：「走開走開，我才不跟幼稚園的小朋友玩！」

星期五，**嘰哩咕嚕**去找王小小。

王小小說：「走開走開，我才不跟老古董玩。」

星期六，嘰哩咕嚕去找王小小。

王小小說：「走開走開，我才不跟小丑玩。」

星期天，嘰哩咕嚕去找王小小。

「嘰哩咕嚕！」王小小大叫一聲跳起來：「你怎麼今天才來找我玩？」

胖蘋果的朗誦詩

藍藍天空上

有時灰雲飄 有時黑雲飄

灰雲飄飄　黑雲飄飄

黑雲灰雲雲黑雲灰

黑黑灰灰黑黑灰黑灰黑灰灰灰黑灰黑

轟隆一聲下起雨

雨停了
怪怪彩虹出來了
好奇青蛙抬頭數
不唸顏色只唸字：

紅 黃 藍 黑 橙 綠 紫

只唸顏色不唸字：

紅 黃 藍 黑 橙 綠 紫

咦，怎麼紅變綠，黃變黑
青蛙越唸越糊塗
「不通！不通！」跳下水

螞蟻寫給冰棒的情詩

冰冰涼涼是一句形容詞就像甜滋滋也是一句形容詞當然它們的筆劃不一樣字數
也不一樣但是冰冰涼涼如果不　　　　　　甜滋滋就太可惜了同樣道理甜滋滋
如果不冰冰涼涼也是很可惜　冰冰冰冰冰冰　還好冰棒解決了這一個問題冰棒
是名詞而且只有兩個字　　冰冰冰冰冰冰冰冰　吃起來卻有四個字的冰冰涼涼
加上三個字的甜滋滋　　冰冰冰冰冰冰冰冰冰冰　兩個字等於四個字加三個字
哇冰棒眞是太神奇了　冰冰冰冰冰冰冰冰冰冰冰冰　又冰又棒又棒又冰啊冰棒
冰冰冰冰冰冰冰冰冰　冰冰冰冰冰冰冰冰冰冰冰冰　冰冰冰冰冰冰冰冰冰冰冰
冰冰冰冰冰冰冰冰冰　冰冰冰冰冰冰冰冰冰冰冰冰　冰冰冰冰冰冰冰冰冰冰冰
涼涼涼涼涼涼涼涼涼　棒棒棒棒棒棒棒棒棒棒棒棒　涼涼涼涼涼涼涼涼涼涼涼
涼涼涼涼涼涼涼涼涼　棒棒棒棒棒棒棒棒棒棒棒棒　涼涼涼涼涼涼涼涼涼涼涼
甜甜甜甜甜甜甜甜甜　棒棒棒棒棒棒棒棒棒棒棒棒　甜甜甜甜甜甜甜甜甜甜甜
滋滋滋滋滋滋滋滋滋　棒棒棒棒棒棒棒棒棒棒棒棒　滋滋滋滋滋滋滋滋滋滋滋
滋滋滋滋滋滋滋滋滋　棒棒棒棒棒棒棒棒棒棒棒棒　滋滋滋滋滋滋滋滋滋滋滋
可是冰冰涼涼甜滋滋　棒棒棒棒棒棒棒棒棒棒棒棒　的冰棒如果沒有人來欣賞
沒人讚美沒有人來吃　　　　　好吃　　　　　就太可惜太可惜太可惜了
還好螞蟻解決了這個問題大螞蟻　好吃　中螞蟻小螞蟻不分你我他大家來幫忙
黑螞蟻紅螞蟻褐螞蟻不分你我他　好吃　大家都愛吃冰棒吃得冰冰涼涼還吃得
甜甜滋滋吃得又冰又涼吃得又涼　　又冰吃得甜冰冰涼滋滋吃得冰冰甜甜
涼涼滋滋吃得冰冰冰涼涼涼甜甜甜滋滋滋冰棒冰棒眞是冰得棒棒棒棒得冰冰冰

躲在簾子後面的詩

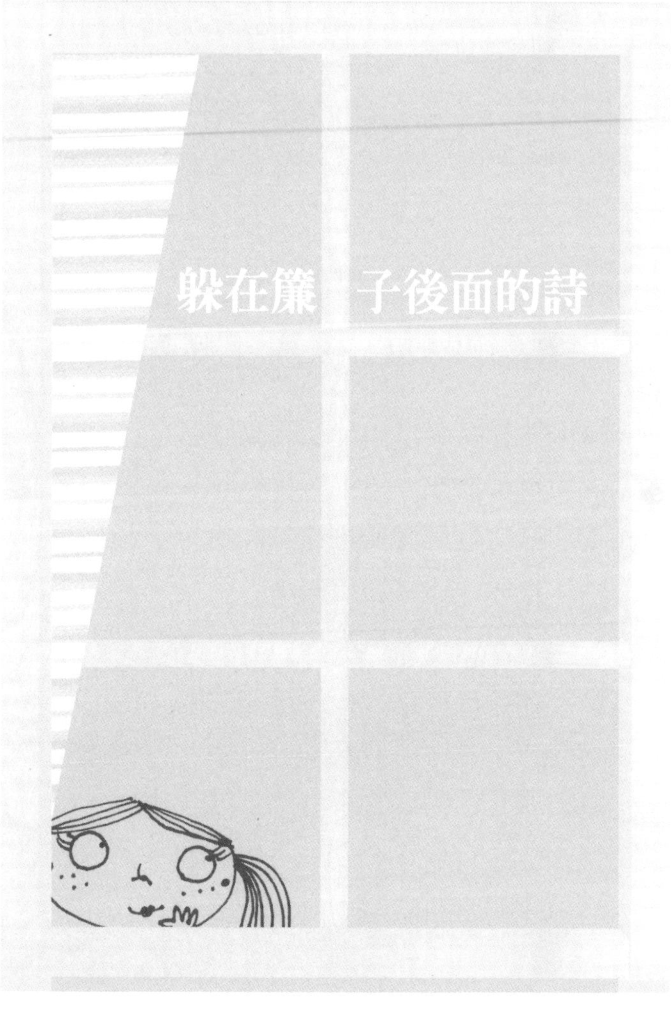

簾簾簾簾簾簾簾簾簾簾簾簾簾簾簾簾簾簾簾簾簾簾簾簾簾簾簾

簾簾簾簾簾簾簾簾簾簾簾簾簾簾簾簾簾簾簾簾簾簾簾簾簾簾有

簾簾簾簾簾簾簾簾簾簾簾簾簾簾簾簾簾簾簾簾簾簾簾簾簾一首

簾簾簾簾簾簾簾簾簾簾簾簾簾簾簾簾簾簾簾簾簾簾簾奇怪的詩

簾簾簾簾簾簾簾簾簾簾簾簾簾簾簾簾簾簾簾簾簾躲在簾子後面

簾簾簾簾簾簾簾簾簾簾簾簾簾簾簾簾簾簾簾東風吹來才會看見

簾簾簾簾簾簾簾簾簾簾簾簾簾簾簾簾簾簾踮起腳尖閉上眼睛聽

簾簾簾簾簾簾簾簾簾簾簾簾簾簾簾簾簾它在風與風之間溜滑梯

簾簾簾簾簾簾簾簾簾簾簾簾簾簾簾簾說愛是淘氣麻煩的小精靈

簾簾簾簾簾簾簾簾簾簾簾簾簾簾簾在人心裡跳上跳下亂打水漂

簾簾簾簾簾簾簾簾簾簾簾簾簾簾簾把心與心串成風鈴叮叮噹噹

簾簾簾簾簾簾簾簾簾簾簾簾簾簾繫在雲端掛在月梢黏在睫毛上

簾簾簾簾簾簾簾簾簾簾簾簾簾將眼與眼連成線等成弧又合成圓

簾簾簾簾簾簾簾簾簾簾簾簾叮叮噹噹響啊響地變成這首詩你猜

簾簾簾簾簾簾簾簾簾簾簾下次簾捲西風時又會出現什麼樣的詩

千年之約

遠遠的　我瞧見

一匹穿越時間之風

踢踢躂躂

向我跑來

的

馬